ÉPITRE

A MONSIEUR

LE Mis. DE LALLY-TOLENDAL,

PAIR DE FRANCE,

MINISTRE D'ÉTAT, MEMBRE DU CONSEIL PRIVÉ DU ROI, ET DE L'ACADÉMIE FRANÇAISE, GRAND OFFICIER DE LA LÉGION-D'HONNEUR, etc.

Par M. D...,

AVOCAT A LA COUR ROYALE DE PARIS.

La patrie en péril invoque les grands hommes !

D...

PRIX : 50 CENTIMES.

PARIS.

CHEZ CORBET JEUNE, LIBRAIRE,

RUE DES FOSSÉS-ST.-GERMAIN-DES-PRÉS, N°. 26;

DELAUNAY ET PONTHIEU, LIBRAIRES, AU PALAIS-ROYAL;

ET CHEZ LES MARCHANDS DE NOUVEAUTÉS.

———

1827.

ÉPITRE

A MONSIEUR

LE Mis. DE LALLY-TOLENDAL,

PAIR DE FRANCE,

MINISTRE D'ÉTAT, MEMBRE DU CONSEIL PRIVÉ DU ROI, ET DE L'ACADÉ-
MIE FRANÇAISE, GRAND OFFICIER DE LA LÉGION-D'HONNEUR, etc.

PAR M. D.....,

AVOCAT A LA COUR ROYALE DE PARIS.

La patrie en péril invoque les grands hommes !

D...

PRIX : 50 CENTIMES.

PARIS.

CHEZ CORBET JEUNE, LIBRAIRE,

RUE DES FOSSÉS-ST.-GERMAIN-DES-PRÉS, N°. 26;

DELAUNAY ET **PONTHIEU, LIBRAIRES,** AU **PALAIS-ROYAL;**

ET CHEZ LES MARCHANDS DE NOUVEAUTÉS.

1827.

ÉPITRE

A MONSIEUR

LE M^s. DE LALLY - TOLENDAL.

Illustre défenseur des mânes de ton père, (1

Toi, l'orateur du peuple et le vengeur des rois; (2

Éloquent Sénateur, dont la voix mâle et fière

Des Grecs régénérés a proclamé les droits; (3

Toi, qu'on vit, soutenant les enfans du génie,

Célébrer à-la-fois les lettres et les arts; (4

Enfin, toi qui, sans cesse, au mépris de l'envie,

Attaquas les abus naissans de toutes parts,

Lally, dis-nous pourquoi la France consternée
N'entend plus ses échos redire tes accens ?   (5

On nous rive des fers... affreuse destinée !
Lally, seras-tu sourd à nos cris déchirans ?

Vois-tu pas cette bannière
Que porte un ambitieux,
T'annoncer des factieux
La cohorte meurtrière ?

Déjà ces noirs bataillons
Semant les divisions
Et prêchant l'intolérance,
Sappent notre indépendance :
Et bientôt, nouveaux Omars,   (6
Pour le salut de la France,
Ces valets de l'ignorance
Détruiront lettres, beaux-arts
Pour préserver leur engeance!...
Et pendant qu'à ce dessein,
Leur cohorte ignare et crasse
Semble gagner du terrain,
Célébrant son chef Ignace,
Les défenseurs de nos lois
Ne proclament plus nos droits!

. Il en est temps encor : LALLY, romps le silence ;
Contre ces factieux arme ton éloquence,
Et que par toi vaincus, vaincus par le sénat,   (7
Ils rentrent dans la fange, ou respectent l'État !

On dit que par le ciel leur fureur inspirée
De la religion a pris l'arme sacrée ;
Et que sous les dehors de *morale* et d'*honneur* ,   (8
Ils veulent tout changer.... et, pour comble d'horreur !
Alliant l'injustice aux cris de l'imposture,
Vont-ils pas déchirer les lois de la nature !...
Plus de distinction ; le crime et les vertus
Dans le même cachot resteront confondus...   (9
Leurs projets, disent-ils, dictés par la *justice*,
Par *l'amour*.. (c'est ainsi qu'ils nomment leur caprice.)   (10

Eh bien ! que penses-tu de ces vils imposteurs ?
Oseras-tu, LALLY, de leurs sombres fureurs
Démasquer les complots et les haines perfides ?
D'autant plus dangereux, dans leurs plans parricides,
Qu'ayant armé leurs bras des foudres du Très-Haut ,
Il faut argumenter contre un peuple dévôt.
Et tu sais ce que peut cette engeance cruelle !
De même qu'autrefois (l'histoire le rappelle),
Abusant les esprits par des mots révérés,
Armant contre Henri des moines conjurés ,   (11

Elle versa le sang de l'enfant par le père,
Du père par son fils, de la sœur par son frère ;
Et gouvernant ainsi par le crime et l'horreur,
Elle osait invoquer Dieu, les saints et l'honneur...   (12
De même, de nos jours, au nom de la morale,
Elle a déjà lancé sa horde monacale,
Et, pour plonger l'État dans l'abîme sans fin ,
Elle crie au scandale et sonne le tocsin !   (13

Cependant de Pascal l'héritier littéraire
A déjà du complot dévoilé le mystère.
Ton ami , ce savant, cet habitant des monts ,   (14
Au sénat assemblé dénonça ces démons ;
Mais en vain ; car bientôt, redoublant le ravage ,
L'ennemi dans Paris se prépare au pillage...
Il provoque une loi , deux lois , trois lois , vingt lois ,
Tout passe à la majeure ; ils triomphent cent fois.
« Dracon fut un bénin , disent-ils à la France ;
» Nous nous garderons bien d'imiter sa clémence !... »

En effet, libertés , g'oire, titres, honneurs ,   (15
Immortel monument d'un roi législateur,
Charte divine, enfin, tout s'en va disparaître,
Et la patrie en pleurs appelle en vain son maître...
Encore du Sénat elle invoque l'appui :
Elle espère en lui seul !...

Et toi, du grand LALLY

Illustre et digne fils, toi dont l'adolescence ｜ (16

Triompha des méchans par sa mâle éloquence;

Toi, que l'Europe a vu, dans des temps orageux,

Défendre le bon Roi contre des factieux ;

Toi, qui soutins des Grecs la pieuse colère,

Qui protégeas les arts, en ami de Voltaire ; (17

Enfin, toi qui toujours as défendu nos droits,

Qui combattis si bien en faveur de nos lois,

Pourquoi donc, en ce jour trop fatal à la France,

Quand on veut nous ravir tout, même l'espérance,

Pourquoi n'entend-on plus tes sublimes accens?

Aurais tu déserté dans de perfides rangs?...

(Pardonne ce transport.) Digne fils de sa race,

TOLENDAL ne l'a pu! Quoi donc! quelque disgrâce...

Illustre descendant de ses nobles aïeux,

TOLENDAL du destin craint peu les coups affreux! (18

Eh bien donc! quand sur nous on dirige l'orage,

Pourquoi nous refuser ton éloquent courage ?

Les lettres, les beaux-arts, sont chez nous menacés,

Les Vandales bientôt les auront expulsés...

Les cachots qu'on prépare et ces fers qu'on nous rive,

Rien n'excitera-t-il ton âme tant active ?

Ou bien, de Cicéron imitant le courroux,

Veux tu voir le danger pour combattre pour nous ?

La tribune t'attend ; le sénat est en armes,
Et la France en péril t'annonce ses alarmes ;
Et comme deux rivaux disputant de leurs droits,
La justice et le crime interprètent les lois.

NOTES.

¹⁾ **M. de Lally-Tolendal**, accusé injustement par un jésuite et condamné par le parlement, mourut en recommandant à son fils l'honneur de sa mémoire : « *Je recommande*, disait-il, *ma mémoire à mon fils, et je meurs sans reproche. . . . .* » M. de Voltaire éleva la voix contre une telle infamie, et M. de Lally fils, si célèbre par son éloquence et par son courage, lorsqu'il eut atteint l'âge où il pouvait demander justice, fit retentir l'Europe des cris d'une juste indignation. L'arrêt fut cassé ; M. de Voltaire sembla revivre à cette nouvelle ; ses forces se ranimèrent, et il écrivit au jeune comte de Lally (aujourd'hui le marquis de Lally) : «*Je meurs content, je vois que le roi aime la justice;*» derniers mots qu'ait tracés cette main qui avait si long-temps soutenu la cause de l'humanité et de la justice (*Vie de Voltaire*, Condorcet. V. 92, p. 147).

²⁾ **M. de Lally** a défendu la mémoire de son auguste père, et de plus s'est distingué, jeune encore, par son éloquence en publiant un mémoire en faveur de l'infortuné Louis XVI. Plus tard il publia le manifeste du Roi de France adressé à la nation française en faveur de Louis XVIII, exilé à Gand, où il était lui-même, le 24 avril 1815.

3) Voir le discours du noble pair, prononcé le 14 mars 1826, sur le projet de loi relatif à la traite dans les Échelles du Levant : discours du 16 mars 1826, en faveur des Grecs, plein d'une noble énergie et d'un enthousiasme dictés par l'humanité.

4) Voir les observations de M. de Lally, sur la nature de la propriété littéraire, présentées à la commission nommée par le Roi, en sa séance du 9 janvier 1826, dont il était membre.

5) Le projet de loi de *justice* et d'*amour*, sur la liberté de la presse, était déjà présenté à la Chambre des pairs, adopté par celle des députés. Plusieurs avocats et autres personnes honorables avaient fait cette observation qu'on n'entendait plus parler M. de Lally; c'est à ce sujet que l'auteur adressa cette épître à l'orateur que l'on regrettait ne plus voir prendre part aux discussions de nos libertés publiques menacées *.

6) *Omar* s'est immortalisé par ses cruautés, ses conquêtes et son esprit de destruction, qui lui fit consumer les bibliothèques immenses de l'Asie et de l'Égypte. Omar semble revivre de nos jours.....

7) L'auteur appelle du nom de sénat la Chambre des pairs, et les pairs sénateurs.

---

* M. de Lally a prononcé un discours à la Chambre haute, au sujet des funérailles de M le duc de La Rochefoucauld. Cette Épître était déjà sous presse, mais étant une invitation à la défense de la presse, elle conserve toujours son but.

(Note de l'Auteur.)

8) On n'emploie plus les mots de *religion*, *morale* et *honneur*, que pour mieux tromper les hommes par l'apparence de sentimens qu'on n'éprouve pas : Voyez *Tartufe*, l'*Homme habile*, etc. , sans compter nos dévots de place.

9) Discours de M. B. Constant, Chambre des députés, séance du 12 mars 1827. Réponse de M. le garde-des-sceaux; observations de M. Dudon.

10) On appelle *projet d'amour* et de *justice* la loi sur la presse. Je ne sais si c'est par ironie ou sérieusement....

11) La ligue, les seize, les moines, etc. *Histoire d'Henri IV ;* Henriade , etc.

12) *Histoire d'Henri IV ; Henriade*, etc. Clément (Jacques) mis au nombre des saints. Calendrier de l'époque.... et note de *la Henriade.*

13) Rien de plus commode que de crier, *au chien enragé !* pour s'en défaire. Bien des gens crient, au scandale ! qui oublient qu'eux seuls y donnent lieu bien souvent....

14) M. de Montlosier, natif d'Auvergne , patrie de Pascal, et comme lui connu par son courage à démasquer les trames des jésuites.

15) Scènes scandaleuses d'un ambassadeur étranger, qui refusait naguère d'appeler les gens par leur nom , voulant ainsi avilir ou mépriser la gloire des soutiens du trône.... et il n'a pas été baffoué!... Les journaux seuls l'ont nommé.

16) Voir la note première.

17) *Idem , idem.*

[18)] M. de Lally a supporté, avec le plus grand calme, les coups dont le sort l'a quelquefois frappé. Jeune, il vit mourir son père : il le vengea. Exilé, plus tard, il défendit la cause de Louis XVI ; exilé encore, en 1815, il ne s'est jamais plaint. Il supportait en homme de cœur, en philosophe, les effets de l'inconstance des choses.

IMPRIMERIE ANTHELME BOUCHER, RUE DES BONS-ENFANS, Nº. 34.

9 782014 068412